気がする朝

伊藤紺

ナナロク社

このところ鏡に出会うたびそっと髪の長さに満足してる

夏が来る
たまに忘れそうになる
わたしがすごくやさしいことを

親しい会話がしたい　水のペットボトル持って　好かれてるに決まってて

つきたくないうそはつかなくていいとか普通のことをきみから学ぶ

夏柳　好きにならない人とでも遊びだなんて思ったことない

髪伸びるの早くて驚かれるたびに
手品みたいでうれしいんだ

歩くたび揺れる手が後ろに来るの待ってからそっと手をつなぐ

南の島と同じ名前の店員さんが
最後必ず目を見てくれる

駅まではいつもぴったり8分であなたに会わなくなってから2年

水出しのコーン茶せっせと作り置き今年の夏は思い出す夏

新幹線のはやさ安心する誰にも言えない欲望がある

恋人になる前のふたりの写真はいつもちょっとかっこいいんだ

ほとんどの願いは別のかたちで叶いほとんどの人はそれで幸せ

ひねくれていないかわりに残酷なことをしてきた背中と思う

ふたりというアトラクションにいつだって乗っていられるわけじゃないから

頭で何度再生してても実物のあなたはちょっと違うからいい

なぜだろう
わたしを狂わせるものを
わたしの人生は受け入れている

お互いの一番じゃないことくらい明確なことがほかにもほしい

この人じゃないけどべつにどの人でもないような気がしている朝だ

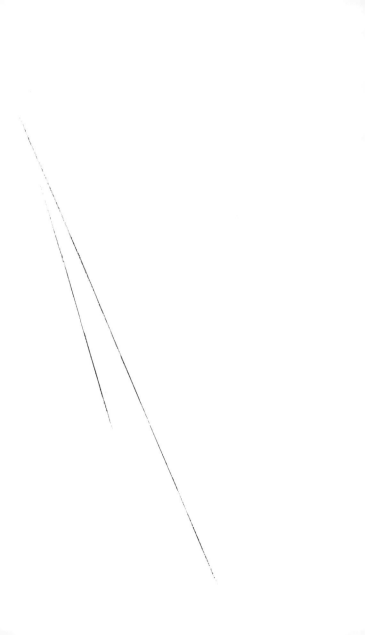

すごく静かな時期からすごく楽しい時期に入る　忘れないだろう雪の匂い

その曲が始まるとみんな喜ぶというよりすこし美しくなる

なぐさめのように誰かが歌い出すその曲をみんな知っていたこと

一度でも
愛したならば会うたびに
すごく遠い旅のようだよ

言葉にならんときは黙っていいって
ただしい大人はみんな知ってる

好きな人の好きな曲ださくても聴く　「ださ」と思いながら　何度も

氷に熱湯かけてるみたい一番したいことしてるとき

ど真ん中以外なんにもわかってないきみが必ず撃ち抜く5番

小学生何言ってんのかわからんけど受け止めたくて頷いたんだ

お年寄りはあんまりイヤフォンしてなくて自由の耳がただそこにある

イントロで雪降ってるのわかったよ
きみの故郷は静かなところ

意外と大きいんだなってきみの足を近所の川のように見ていた

街路樹の枝すこし触れ合っていて
わたしの中で生まれる気持ち

ほんの少しあなたに多くよそうのは愛ではなくてそういう生き様

ご当地フェアやってたら一応見てく
きみの人生の小さなルール

おっきな海みたい柔道部がそろってごはん食べてるところ

どんな笑いの席だろうとお造りのおまえの頭を忘れないよ

鉄火巻きのまぐろどかんと大きくて偶然だからうれしいんだよ

さみしくはないけど一人暮らしのこんなにも小さな燃えるゴミ

アパートにひとり暮らしたその日々が残した胸のうつくしい根よ

いい人を選べば疑わなくていいそんな簡単なお昼ごはん

爪を塗るようにまぶたを塗るようにいのちを塗るのが旅行と思う

星がすごく遠いことと腹の底から愛することはじゅうぶん同時に起こりうること

複雑な星に見惚れているうちに１００年程度の人生の終わり

夏のスターバックス八王子それが目的みたいにふせんを貼るきみ

イソギンチャクの口大きくひらいてかなしみは今もわたしを待ってる

あなたとの時間の果てに残されたイヤフォンの上手な結び方

おじいちゃんに似てるかたつむりの後ろ姿じっと見ていた雨上がり

その身からにゅるりと押し出す動画見てはじめて真珠ほしくなった

頭、頭、頭と思いながら抱く男の頭は大きいから

ゴミ捨て場へと続く道歩くとき人生のことといつも思うの

枯れてしまうことも覚悟している大きめの鉢に植え替えるとき

新緑が金色に見える朝
ひとはなぜ特別が好きなんだろう

ふたりとも旅行したいと思ってるけど行けない夏　一緒にいる

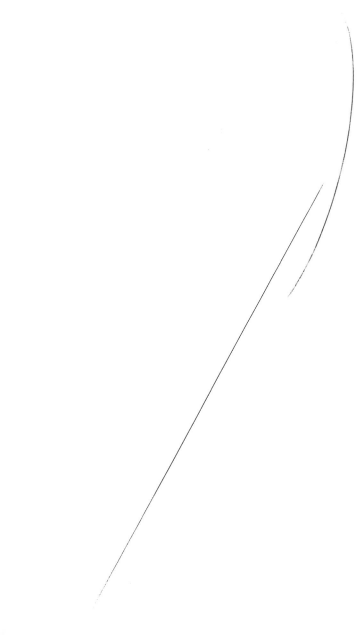

飲みに行くお金ないのに金髪のきみをわたしは素敵と思う

友達にうっすら恋をしていてもそれはやっぱり友達だから

心だけ配信できるならわたし素敵な番組できると思う

美容院行っていつもとちがう匂いの自分にほんのすこしの欲情

20年くらいは飽きないだろうな居酒屋で会うというパターン

きみが笑って
白い歯が一瞬見えて
こんなかんじかな確かさは

つらい目に遭った人の話を聞いて全身がずっと想像してる

お金持ちの家にはたくさん照明があってぼんやりと光ってる

使い捨てが好きなんてのは顔みたら一発でわかることだと思う

どの店の常連でもない人生に一度だけ来る風のこと

ひとりになってはじめて気づくこの部屋のこんなにも濃いゆりの匂い

真剣に手を合わせてはいるけれど
どうにも足りないわたしの合掌

忘れてることの多さに気づくとき
大きなわたしに抱かれている

その匂いで吹き飛ばされる記憶　薔薇はあなたをずっと待ってる

うすっぺらのくせに丈夫なわたしを新素材みたいと思ってる

家族とは宇宙と思う思うけどそれは大豆くらいのサイズ

本気ってめっちゃやるってことじゃなくて
打ち震えるほど自由であること

急にピントが合ったみたいだきみが髪を切った8月

朝きみが靴紐を結び終えるまでいつも隣で座っている

ちょっとずつ言わなくたってへいきになって秘密は顔に溶け込んでゆく

数年に一度のむフラペチーノの氷の粒でひらける記憶

本当に足速い人はなにもかもちがう
嘘ついたことない人みたい

下心のあるやさしさだとしてもありがとうやさしくしてくれて

売りに出せばほとんどただになるようなうつくしい石が恋なんだね

とてもとてもまちがい続けてきたきみの背骨が落ち葉のように崩れる

もうだめなあなたを抱けば老木に揺れる葉っぱのようなたしかさ

巨大花火上がってきっと思い出す
わたしという生き方のすべて

海の生きもの透明な糸を引きこれから出会うだろう運命の人

陶製の野菜のかたちの箸置きのひとつになって愛されてみたい

こんなに悲しいのにうまくいってて気づいてる葉っぱの美しさ

したいことたくさんあるけどわたしって「したいね」「したいね」でいいみたい

頬と頬くっつけて撮ったその写真のその一点をすごく知ってる

ひいおじいちゃんが大男と知って巡りはじめる大男の血

秋風が冷たくなった日にきっと思い出すまっしろな棺

長い長い人生のおみやげにあなたと青春してみたかった

ひとりぶんの家事は軽くて新鮮で野菜をたくさん食べている夏

紫が入るとおしゃれになるんだね
大人のお弁当っていいね

朝食がたまごかけごはんに戻るころまた自分のこと好きになる

いつのまにわたしなんにも待ってなくてたまに出かけてゆくだけなのです

海を見た日は胸に海が残ること　ふつうに人を信じてること

履き潰したスニーカーの新型はまるで未来を履いてるみたい

コインランドリーの待ち時間はマクドナルドで過ごそう　きっと

叶わないことがたくさんあったって
別に不幸ではないと思った

恵まれてることをそれ以外の言葉で言わないような人がいいんだ

助かりたくないきみを助けることを悪事と言われても構わない

見上げたらすごい満月だったみたいにいま気づいてるわたしの答え

僕らいっせいに喜び合って生きものは愚かなほうがきれいと思う

きみがくれた普通をわたしはひとりでもやっていくんだと思うのです

扇風機の前に座って今日きみにほめられたこと思い出してる

中学の頃からほぼずっとロングヘアだった。25歳くらいのときにばっさり切って、しばらく短い髪を楽しんでいたのだけど、ある日街でロングヘアの人を見かけて、強烈に羨ましくて、もう一度伸ばし始めた。もともと伸びるのが早いことにプラスして、効果があると聞いて、毎日すこし髪を引っ張ったりもした。やっと伸びてきて、駅の鏡でふと視界に入る自分がロングヘアになった。どの駅でも、どのショーウィンドウでも、もちろん家の鏡でも、毎日願いが叶っている自分と出会う。

短歌を書いているとこういうことを「日常の些細な喜び」と言われることがあって、いまだに慣れない。自分にとっては、これが１００％の満足だから。

２０２３年11月　伊藤　紺

初出一覧

p7、p9、p10、p13、p16 『短歌研究』2022年8月号 掲載作品「夏」より／p8、p11、p12、p55、p56、p97 『短歌研究』2023年1月号 掲載作品「真珠」より／p15 『みやざきぽかぽかたんか』掲載作品／p17、p21、p22、p24、p34 NEWoMan SHINJUKU「OPENING DAYS 2023SS」／p18、p19、p20 朝日新聞2023年1月4日夕刊 連載「あるきだす言葉たち」掲載作品「ほとんどの人は」より／p23、p27、p30、p31、p36、p64、p78、p93、p94 『現代短歌パスポート1 シュガーしらしら号』掲載作品「雪の匂い」より／p32 地球のお魚ぽんちゃん『霧尾ファンクラブ(1)』発売記念によせて／p33、p38、p47、p71、p100、p101 『短歌研究』2023年5、6月合併号 掲載作品「もういちど」より／p39、p40、p44、p45、p106、p113 『小説新潮』2023年9月号 掲載作品「そういう生き様」より

伊藤紺（いとう・こん）

歌人。1993年東京都生まれ。2016年作歌を始める。著書に第1歌集『肌に流れる透明な気持ち』、第2歌集『満ちる腕』（ともに短歌研究社）など。

気がする朝　伊藤紺

初版第一刷発行　二〇二三年十二月二十四日
第二刷発行　二〇二四年一月二十四日
第三刷発行　二〇二四年三月二十二日
第四刷発行　二〇二四年九月二十三日

ブックデザイン：脇田あすか／発行人：村井光男／
発行所：株式会社ナナロク社　〒一四二-〇〇六四
東京都品川区旗の台四-六-二七　電話：〇三-
五七四九-四九七六　FAX：〇三-五七四九-
四九七七／印刷所：創栄図書印刷株式会社

ISBN 978-4-86732-025-9 C0092